DISCOURS

DE

RÉCEPTION

À L'ACADÉMIE FRANÇAISE

PAR

LE R. P. H.-D. LACORDAIRE

DES FRÈRES PRÊCHEURS

Le 24 Janvier 1861

PARIS

LIBRAIRIE DE Mme Ve POUSSIELGUE-RUSAND

RUE SAINT-SULPICE, 23

1861

DISCOURS
DE
RÉCEPTION
A L'ACADÉMIE FRANÇAISE

PAR

LE R. P. H.-D. LACORDAIRE

DES FRÈRES PRÊCHEURS

Messieurs,

J'ai à remercier l'Académie de deux choses: la première, de m'avoir appelé dans son sein; la seconde, de m'avoir donné pour successeur à M. de Tocqueville.

M. de Tocqueville est mort jeune. Il n'a pas eu le temps pour complice de sa gloire, et, soit qu'on regarde en lui l'écrivain, l'orateur ou l'homme d'État, il apparaît, à ne consulter que l'âge et l'œuvre, comme un édifice inachevé. Et cependant, si l'on s'élève pour écouter le bruit de sa mémoire, il monte de lui vers l'âme une voix à qui rien ne manque en éclat, en plénitude, en profondeur, une voix qui a déjà du souffle de la postérité, et qui fait à M. de Tocqueville un de ces noms souverains dont le règne ne doit pas périr. Homme singulier entre tous ceux que nous avons vus, il ne dut sa renommée à aucun parti, il n'en servit aucun. Les fautes de son siècle lui furent étrangères. Tout tomba plusieurs fois autour de lui sans qu'on pût le mêler aux chutes, ou lui faire honneur des victoires ; ouvrier actif pourtant, soldat plein de courage, citoyen ardent jusqu'à son dernier jour, mais qui avait pris dans le combat une place d'où il voyait plus de choses, et où la passion du bien et du juste le couvrait d'un invulnérable bouclier.

Si je regarde mes contemporains, je dirai de l'un qu'il fut l'ami constant et généreux de la monarchie, une âme antique par la fidélité, se contentant d'elle-même contre les flots du malheur et de l'opinion. Je dirai de l'autre qu'il aimait le droit des peuples à se gouverner par eux-mêmes, et qu'on l'eût pris pour un Gracque transformant l'univers en une seconde Rome et appelant tout le genre humain au droit de cité. Je dirai de celui-là que, dévoué surtout à la liberté de la pensée, de la parole et de la conscience, il avait vu dans la tribune d'un parlement le dernier terme de la grandeur humaine et de la félicité des nations. Je dirai de tous, enfin, qu'ils servirent une cause victorieuse ou vaincue, aidée des sympathies générales ou victime des aversions populaires, quelques-uns supérieurs à leur parti, et pourtant hommes de leur parti ; et, même en admirant leur génie, leur sincérité, leur foi, leur part dans la défaite ou dans le succès, je me réserverai de croire que leur vue s'était trop bornée à l'horizon de leur temps et n'en avait pas connu tout le mystère ni pressenti tout le péril. Seul peut-être entre tous, M. de Tocqueville échappa à ces limites où s'arrêtent ses contemporains, et c'est vainement que l'esprit voudrait lui créer parmi eux une place semblable à la leur.

Dirai-je qu'il fut un serviteur des vieilles monarchies de l'Europe, et que l'hérédité inaliénable du pouvoir était pour lui une affaire de cœur en même temps qu'un dogme de raison ? Je ne le pourrais. L'antiquité sans doute, la tradition, les ancêtres, la majesté des siècles, tout cela lui était grand et vénérable, et il n'insulta jamais aux trônes tombés, si méritée que lui semblât leur chute. Il s'en attristait plutôt comme d'un naufrage où disparaissait quelque chose de saint, comme d'une ruine où il lisait avec regret la caducité de l'homme et de ses œuvres. C'était une âme à qui la destruction pesait, et il ne vit jamais rien périr de ce qui avait été séculaire et glorieux sans l'honorer en lui-même d'un soupir éloquent. Mais, cette dette payée à sa généreuse nature, il regardait le droit et l'avenir d'un œil ferme; il cherchait dans ce qui était vivant le successeur de ce qui était mort, et l'illusion d'une immutabilité chevaleresque ne pouvait lui cacher le devoir de semer dans le sillon qui restait ouvert. Il eût aimé les serments qui ne s'oublient jamais ; il aimait mieux l'action qui espère toujours, ne sauvât-elle qu'une fois.

Dirai-je qu'il appartenait tout entier à cette opinion libérale née du dix-huitième siècle, grandie dans les premiers enivrements de nos assemblées nationales, éteinte ou plutôt endormie au souffle oppresseur de nos immortelles victoires, et qui, réveillée tout à coup à la parole d'un roi revenu de l'exil, remplit la France d'une lutte où tous les dévouements eurent leur vie, tous les talents leur liberté, tous les partis leurs jours de grandeur, et tous aussi leurs jours d'expiation? Je ne le pourrais pas davantage; car il y avait dans cette opinion, si populaire qu'elle fût, des côtés faibles trop visibles à l'œil pénétrant de M. de Tocqueville, et même des côtés injustes qui affligeaient sa droiture en effrayant sa perspicacité. A cause de son origine même au sein d'un âge sceptique, l'opinion libérale avait conservé une inclination de jeunesse contraire aux idées et aux choses religieuses; or rien n'était moins sympathique à M. de Tocqueville que ce peu de goût à l'endroit de ce qui s'approche de Dieu. Quand Montesquieu, devenu homme, avait voulu traiter, pour l'instruction de son siècle, des lois civiles et politiques, il avait tout à coup, par le seul effet de son application d'esprit aux fondements et aux besoins de la société humaine, brisé les liens qui le rattachaient à son temps, et de cette même plume qui s'était jouée autrefois dans les *Lettres persanes,* il avait écrit ce vingt-quatrième livre de son *Esprit des lois*, la plus belle apologie du christianisme au XVIIIe siècle, et le plus haut témoignage de ce que peut la vérité sur une grande âme qui a mis sincèrement sa pensée au service des hommes. Plus heureux que Montesquieu, M. de Tocqueville n'avait point eu à regretter de *Lettres persanes ;* son mâle esprit n'avait pas connu les défaillances du scepticisme, et, s'il y avait eu dans sa foi des jours d'interstice, il n'y avait jamais eu dans son cœur une impiété, ni sur ses lèvres un blasphème. Il aimait Dieu naturellement, ne l'eût-il pas aimé chrétiennement; il l'aimait en homme de génie, qui se sent porté vers le père des esprits comme vers sa source. Et lorsque, plus mûr et plus fort, il se fut pris à juger son époque, il avait ressenti une douleur de rencontrer la cause libérale si loin du Dieu qui a fait l'homme libre. Il ne comprenait pas que la liberté de conscience pût être une arme contre le christianisme, et que l'Évangile fût persécuté ou enchaîné par le sentiment qui délivrait Mahomet. Il ne comprenait pas non plus qu'il y eût rien de solide sans un fondement religieux, et, en voyant la liberté séparer son nom d'un nom plus haut encore que le sien, il craignait qu'un jour elle ne fût durement avertie d'avoir trop compté sur elle-même et trop peu sur le secours de l'éternité.

Par un autre point, l'opinion libérale blessait encore M. de Tocqueville. Il lui semblait qu'elle s'adressait trop à une seule classe d'hommes, à cette classe riche d'esprit, d'industrie et de fortune, qui avait conquis le pouvoir en l'arrachant à la noblesse et au clergé, au trône lui-même, et qui, héritière unique de tant de grandeurs, oubliait trop peut-être qu'il restait au-dessous d'elle un immense peuple, affranchi de bien des maux, il est vrai, mais souffrant encore pourtant dans les besoins de son âme et dans ceux de son corps. N'y avait-il plus rien à faire pour ce peuple? Lui suffisait-il de n'être plus ni esclave ni serf, gouverné, j'en conviens, par des lois égales pour tous, mais privé de droits politiques, serviteur plutôt que concitoyen, déchaîné plutôt que libre? Pouvait-on croire qu'il y eût entre lui et la classe régnante une sympathie véritable? et la division profonde qui mettait autrefois un abîme entre la noblesse de naissance et tout le reste du pays, n'existait-elle pas, sous une autre forme, entre le nouveau peuple et ses nouveaux maîtres? L'unité morale de la France était-elle réellement fondée? M. de Tocqueville ne pouvait bannir de son esprit ces graves préoccupations. Il ne voyait pas dans le triomphe éclatant de la bourgeoisie française le dernier mot de l'avenir, ou du moins il regardait au-dessous d'elle avec inquiétude, et dans les rangs pressés de la foule il interrogeait avec anxiété sa conscience et celle de tous.

Quoi donc! Dirons-nous qu'il avait donné son âme au flot montant de la démocratie, et que là, au sein des ébranlements populaires, lui, fils d'une noble maison, intelligence plus haute encore que sa race, il avait descendu tous les degrés du monde pour chercher le plus proche possible de la terre le berceau sacré des destinées futures? Est-ce là que vivait M. de Tocqueville, là qu'étaient ses espérances et son cœur? Le peuple était-il pour lui le souverain naturel de l'humanité, le plus parfait législateur, le meilleur magistrat, l'honnête homme par excellence, le maître et le père le plus humain, capitaine dans les combats, conseiller dans les bons et mauvais jours, la tête enfin de ce grand corps qui roule autour de Dieu depuis tant de siècles en cherchant et faisant son sort comme il le peut? Le croirai-je et le dirai-je? Certainement M. de Tocqueville, comme tout vrai chrétien, aimait le peuple; il respectait en lui la présence de l'homme, et dans l'homme la présence de Dieu. Nul ne fut plus cher à ce qui l'entourait, serviteurs, colons, ouvriers, paysans, pauvres ou malheureux de tout nom. A le voir sur ses terres, au sortir de ce cabinet laborieux où il gagnait le pain quotidien de sa gloire, on l'eût pris pour un patriarche des temps de la Bible, alors que l'idée de la première et unique famille était vivante encore, et que les distinctions de la société n'étaient autres que celles de la nature, toutes se réduisant à la beauté de l'âge et de la paternité. M. de Tocqueville pratiquait à la lettre, dans ses domaines, la parole de l'Évangile: *Que celui de vous qui veut être le premier soit le serviteur de tous*. Il servait par l'affable et généreuse communication de lui-même à tout ce qui était au-dessous de lui, par la simplicité de ses mœurs qui n'offensait la médiocrité de personne, par le charme vrai d'un caractère qui ne manquait pas de fierté, mais qui savait descendre sans qu'il le remarquât lui-même, tant il lui était naturel d'être homme envers les hommes. « Le peuple aime beaucoup M. de Tocqueville, disait un homme du peuple à un étranger, mais il faut convenir qu'il en est bien reconnaissant. »

Cet amour, si singulièrement exprimé, eut enfin l'occasion de se produire. Lorsque 1848 inaugura le suffrage universel et direct, M. de Tocqueville obtint, dans son canton, le suffrage unanime des électeurs, et il entra dans l'Assemblée constituante par la porte sans tache de la plus évidente et de la plus légitime popularité. Il ne la devait ni à l'excès des doctrines, ni aux efforts d'un parti puissant, ni à l'ascendant d'une grande fortune ; il la devait à ses vertus. Heureux le citoyen qui est élu ainsi au milieu des discordes civiles ! Plus heureux le peuple qui reconnaît et élit de tels citoyens sans se tromper d'une seule voix ! Mais oublierai-je un trait de cette élection ? Le jour où elle se fit, M. de Tocqueville s'était rendu à pied au chef-lieu de son canton avec le curé, le maire et tous les électeurs de sa commune ; accablé de fatigue, il se tenait appuyé contre un des piliers de la halle où le scrutin était ouvert ; un paysan, qu'il ne connaissait pas, s'approcha de lui avec une familiarité cordiale et lui dit : « Cela m'étonne bien, M. de Tocqueville, que vous soyez fatigué, car nous vous avons tous porté dans notre poche. »

M. de Tocqueville aimait donc le peuple et il en était aimé. Mais des rois ont eu le même sort, et l'on n'en peut rien conclure à l'égard des doctrines du publiciste. Quelles étaient-elles ?

Tout jeune encore, entre vingt-cinq et trente ans, et lorsque déjà la révolution de 1830 avait ébranlé en France les bases du gouvernement monarchique et parlementaire, M. de Tocqueville avait obtenu la mission d'aller étudier aux États-Unis d'Amérique les systèmes pénitentiaires qu'on y avait inaugurés. Mais cette mission, utile et bornée, cachait un piége de la Providence. Il était impossible que M. de Tocqueville touchât la terre d'Amérique sans être frappé de ce monde nouveau, si différent de celui où il était né. Partout ailleurs, dans l'ancien monde, qu'il eût visité l'Angleterre, la Russie, la Chine ou le Japon, il eût rencontré ce qu'il connaissait déjà, des peuples gouvernés. Pour la première fois un peuple se montrait à lui, florissant, pacifique, industrieux, riche, puissant, respecté au dehors, épanchant chaque jour dans de vastes solitudes le flot tranquille de sa population, et cependant n'ayant d'autre maître que lui, ne subissant aucune distinction de naissance, élisant ses magistrats à tous les degrés de la hiérarchie civile et politique, libre comme l'Indien, civilisé comme l'homme d'Europe, religieux sans donner à aucun culte ni l'exclusion ni la prépondérance, et présentant enfin au monde étonné le drame vivant de la liberté la plus absolue dans l'égalité la plus entière. M. de Tocqueville avait bien entendu dans sa patrie ces deux mots : liberté, égalité! Il avait même vu des révolutions accomplies pour en établir le règne; mais ce règne sincère, ce règne assis, ce règne qui vit de soi-même sans le secours de personne, parce que c'est la chose de tous, il ne l'avait encore rencontré nulle part, pas même chez ces peuples de l'antiquité qui avaient un *forum* et des lois publiquement délibérées, mais dont le bienfait n'appartenait qu'à de rares citoyens dans les murs étroits d'une ville. Société sans exemple, fondée par des proscrits et émancipée par des colons, les États-Unis d'Amérique avaient réalisé sur un immense territoire ce que n'avaient pu faire Athènes ni Rome, et ce que l'Europe semblait chercher en vain dans de laborieuses et sanglantes révolutions. Quelle en était la cause? quels les ressorts? Était-ce un accident éphémère, ou la révélation des siècles à venir?

M. de Tocqueville étudia ces questions en sage jeune encore, mais éclairé par l'indépendance d'un esprit qui ne cherchait que le bien et la vérité. Il n'admira point l'Amérique sans restriction; il ne crut pas toutes ses lois applicables à tous les peuples; il sut distinguer les formes variables des gouvernements du fonds sacré qui appartient au genre humain. Il s'éleva au-dessus même de son admiration pour dire à l'Amérique les périls qui la menacent, pour flétrir l'esclavage, ce fléau inhumain et impie, auquel quinze États sont prêts à sacrifier la gloire et l'existence même de leur patrie; et, enfin, de cette vue impartiale et profonde, où il avait évité tout ensemble l'adulation, le paradoxe et l'utopie, il ramena sur l'Europe un regard mûri, mais ému, qui le remplit, selon sa propre expression, *d'une sorte de terreur religieuse.* Il crut voir que l'Europe, et la France en particulier, s'avançait à grands pas vers l'égalité absolue des conditions, et que l'Amérique était la prophétie et comme l'avant-garde de l'état futur des nations chrétiennes. Je dis des nations chrétiennes, car il rattachait à l'Évangile ce mouvement progressif du genre humain vers l'égalité; il pensait que l'égalité devant Dieu, proclamée par l'Évangile, était le principe d'où était descendue l'égalité devant la loi, et que l'une et l'autre, l'égalité divine et l'égalité civile, avaient ouvert devant les âmes l'horizon indéfini où disparaissent toutes les distinctions arbitraires, pour ne laisser debout, au milieu des hommes, que la gloire laborieuse du mérite personnel. Mais, malgré cette origine sacrée qu'il attribuait à l'égalité, malgré le spectacle étonnant dont il avait joui par elle en Amérique, malgré sa conviction que c'était là un fait universel, irrésistible et voulu de Dieu, il n'envisageait qu'avec une sainte épouvante l'avenir que préparait au monde un si grand changement dans les rapports sociaux. Il avait vu chez les Américains l'égalité agir naturellement comme une vertu héréditaire :

il la retrouvait trop souvent en Europe sous la forme d'une passion, passion envieuse, ennemie de la supériorité en autrui, mais la convoitant pour soi, mélange d'orgueil et d'hypocrisie, capable de se donner à tout prix le spectacle de l'abaissement universel, et de se faire de l'humiliation même un Capitole et un Panthéon. Il avait vu l'ordre naître en Amérique d'une égalité acceptée de tous, entrée dans les mœurs comme dans les lois, vraie, sincère, cordiale, rapprochant tous les citoyens dans les mêmes devoirs et les mêmes droits; il la retrouvait en Europe inquiète, menaçante, impie, s'attaquant à Dieu même, et sa victoire, inévitable pourtant, lui causait tout ensemble le vertige de la crainte et le calme de la certitude.

Je remarque une autre vue qui l'accablait plus que toutes les autres, et qui jusqu'à son dernier jour fut l'objet de ses poignantes préoccupations.

Aux États-Unis, l'égalité n'est pas seule ; elle s'allie constamment à la liberté civile, politique et religieuse la plus complète. Ces deux sentiments sont inséparables dans le cœur de l'Américain, et il ne conçoit pas plus l'égalité sans la liberté que la liberté sans l'égalité. Mais, quand on vient à considérer les choses dans l'histoire et proche de nous, on s'aperçoit que la dêmocratie, lorsqu'elle n'est plus contenue que par elle-même, tombe aisément dans un excès qui est sa corruption, et qui appelle, pour la sauver, le contre-poids d'un despotisme à qui tout est permis, parce qu'il fait tout au nom du peuple, idole où la multitude se recherche encore et croit retrouver tout ce qu'elle a perdu. Or M. de Tocqueville voyait en France et en Europe la démocratie, toute jeune encore, pencher déjà vers sa décadence et revêtir ce caractère sans frein qui ne lui laisse plus d'autre remède que de subir un maître tout-puissant. Il pressentait que la démagogie porterait à la liberté naissante un coup mortel, et que, chez les nations chrétiennes plus encore que dans l'antiquité, la licence armerait le pouvoir au nom de la sécurité commune, mais au préjudice de la liberté de tous.

Ce pressentiment, que nul n'éprouvait alors, M. de Tocqueville l'eut et l'avoua. Dès 1835, à la première apparition de son livre sur la *Démocratie en Amérique*, il annonça que la liberté courait en France et en Europe des périls imminents. Il déclara que l'esprit d'égalité l'emportait chez nous sur l'esprit de liberté, et que cette disposition, jointe à d'autres causes, nous menaçait de défaillances et de catastrophes qui étonneraient le siècle présent. Ce siècle ne le crut pas. Il marchait plein de confiance en lui-même, sûr de son triomphe, dédaignant les conseils autant que les prophéties, convaincu comme Pompée, l'avant-veille de Pharsale, qu'il n'aurait qu'à frapper du pied pour donner à Rome, au sénat, à la république, d'invincibles légions. Mais M. de Tocqueville ne devait pas mourir sans avoir vu ses prévisions justifiées, ni sans avoir préparé à son temps des leçons dignes de ses malheurs.

« Instruire la démocratie, écrivait-il, ranimer s'il se peut ses croyances, purifier ses mœurs, régler ses mouvements, substituer peu à peu la science des affaires à son inexpérience, la connaissance de ses vrais intérêts à ses aveugles instincts ; adapter son gouvernement aux temps et aux lieux ; le modifier suivant les circonstances et les hommes : tel est le premier des devoirs im-

« posés de nos jours à ceux qui dirigent la so-« ciété. Il faut une science politique nouvelle « à un monde tout nouveau (1). »

Cette science nouvelle, M. de Tocqueville croyait l'avoir découverte dans les institutions, l'histoire et les mœurs du premier peuple qui eût vécu sous une parfaite démocratie. Incapable de voir en simple spectateur un si grand phénomène, il avait voulu en pénétrer les causes, en connaître les lois, et, certain d'instruire sa patrie, peut-être même l'Europe, il avait écrit de l'Amérique avec la sagacité d'un philosophe et l'âme d'un citoyen. Son livre fut illustre en un instant, comme l'éclair. Traduit dans toutes les langues civilisées, on eût dit que le genre humain l'attendait, et cependant, de ce côté-ci de l'Atlantique, il ne répondait à aucune passion, à aucun parti, à aucune école, à aucun peuple. Il venait seul avec le génie de l'écrivain, la pureté de son cœur et la volonté de Dieu. Il apportait à tous les esprits sensés, au milieu du chaos des doctrines et des événements, une lumière qu'on pouvait ne pas goûter, mais qui différait de tout, une

(1) *De la Démocratie en Amérique*, introduction.

lumière qui tenait de l'avenir sans accabler le présent. Rien de pareil ne s'était vu depuis le jour où Montesquieu avait publié son *Esprit des lois*, livre sans modèle aussi, supérieur à son siècle par la religion et la gravité, et qui, malgré sa nature si profondément sérieuse, eut l'art de séduire et demeure encore populaire aujourd'hui qu'il est trop peu lu.

Votre voix, Messieurs, s'unit aux suffrages des deux hémisphères. Vous n'attendîtes pas que l'âge eût mûri la gloire du jeune publiciste, et vous le fîtes asseoir près de vous, sur ce siége où nous l'a enlevé une mort aussi prématurée que l'avait été son illustration. Mais je me reproche d'aller moi-même trop vite et d'ouvrir un tombeau quand je ne suis encore qu'au seuil d'une immortalité.

Il y avait dans l'ouvrage de M. de Tocqueville plus d'un genre d'attrait. L'Amérique était mal connue ; aucun esprit supérieur ne l'avait encore étudiée. Les uns n'y voyaient de loin qu'une démagogie grossière et importune ; les autres y applaudissaient d'avance le succès de leurs utopies personnelles. M. de Tocqueville mit la vérité à la place de la fable, et sa plume sévère répandit sur un tableau tout neuf le charme infini de la sincère clarté. Mœurs, histoire, législation, caractère des hommes et du pays, causes et conséquences, tout prit sous son burin la puissance de l'investigateur qui découvre et de l'écrivain qui grave pour les absents ses propres visions. Mais ce qui frappe et entraîne surtout, c'est le souffle même du livre, une ardeur généreuse qui meut l'auteur et fait sentir en lui l'homme préoccupé du sort de ses semblables dans le temps et dans l'avenir. Il remue parce qu'il est remué, et son austérité même ajoute à l'émotion par l'éloquence du contraste. Tandis que Montesquieu met de l'art dans son esprit tout en croyant à une cause et en voulant la servir, M. de Tocqueville s'abandonne au cours irrésistible de ses tristes pressentiments. Il voit la vérité et il la craint, il la craint et il la dit, soutenu par cette pensée qu'il y a un remède, qu'il le connaît, et que peut-être ses contemporains et la postérité le recevront de lui. Tantôt l'espérance prend le pas sur l'inquiétude, tantôt l'inquiétude assombrit l'espérance, et de ce conflit qui passe sans cesse de l'auteur au livre et du livre au lecteur, jaillit un intérêt qui attache, élève et émeut.

Mais quel était donc ce remède où M. de Tocqueville tranquillisait sa pensée, et d'où il attendait le salut des générations ? Ce n'était pas, vous le pensez bien, dans l'imitation puérile des institutions américaines qu'il le trouvait, mais dans l'esprit qui anime ce peuple et qui a fondé ses lois. Car c'est l'esprit qui fait la vie des institutions, comme c'est l'âme qui fait la vie des corps. Or l'esprit américain, tel qu'il apparaissait à M. de Tocqueville, se résume dans les qualités ou plutôt dans les vertus que je vais dire :

L'esprit américain est religieux ;

Il a le respect inné de la loi ;

Il estime la liberté aussi chèrement que l'égalité ;

Il place dans la liberté civile le fondement premier de la liberté politique.

C'est juste le contre-pied de l'esprit qui entraîne plutôt qu'il ne guide une grande partie de la démocratie européenne. Tandis que l'Américain croit à son âme, à Dieu qui l'a faite, à Jésus-Christ qui l'a sauvée, à l'Évangile qui est le livre commun de l'âme et de Dieu, le démocrate européen, sauf de nobles exceptions, ne croit qu'à l'humanité, et encore à une humanité fictive qu'il a créée dans un rêve. Ce rêve est à la fois son âme, son Dieu, son Christ, son Évangile, et il ne pense à aucune autre religion, si ancienne et si révérée soit-elle, que pour la persécuter et l'anéantir, s'il le peut. L'Américain a eu des pères qui portaient la foi jusqu'à l'intolérance; il a oublié leur intolérance et n'a gardé que leur foi. Le démocrate européen a eu des pères qui n'avaient point de foi, mais qui prêchaient la tolérance; il a oublié leur tolérance et ne s'est souvenu que de leur incrédulité. L'Américain ne comprend pas un homme sans une religion intime, et un citoyen sans une religion publique. Le démocrate européen ne comprend pas un homme qui prie dans son cœur, et encore moins un citoyen qui prie en face du peuple.

La même différence se retrouve en ce qui concerne la loi. L'Américain, qui respecte la loi de Dieu, respecte aussi la loi de l'homme, et, s'il la croit injuste, il se réserve d'en obtenir un jour l'abrogation, non par la violence, mais en se faisant une arme pacifique et sûre de tous les moyens de persuasion que l'homme porte avec lui dans son intelligence, et des moyens plus puissants encore qu'il peut tenir d'un dévouement éprouvé à la cause de la justice. Pour le démocrate européen, et je le dis toujours avec les exceptions nécessaires, la loi n'est qu'un arrêt rendu par la force et que la force a le droit de renverser. Fût-ce tout un peuple qui lui eût donné son assentiment et sa sanction, il professe qu'une minorité, ou même un seul homme, a le droit de lui opposer la protestation du glaive et de déchirer dans le sang un papier qui n'a d'autre valeur que l'impuissance où l'on est de le remplacer par un autre. Il proclame hardiment la *souveraineté du but*, c'est-à-dire la légitimité absolue et supérieure à tout, même au peuple, de ce que chacun estime au dedans de soi être la cause du peuple.

L'Américain, venu d'une terre où l'aristocratie de naissance eut toujours une part considérable dans les affaires publiques, a rejeté de ses institutions la noblesse héréditaire et réservé au mérite personnel l'honneur de gouverner. Mais, tout en étant passionné pour l'égalité des conditions, soit qu'il la considère au point de vue de Dieu, soit qu'il la juge au point de vue de l'homme, il n'estime pas la liberté d'un moindre prix, et, si l'occasion se présentait de choisir entre l'une et l'autre, il ferait comme la mère du jugement de Salomon, il dirait à Dieu et au monde : Ne les séparez pas, car leur vie n'en fait qu'une dans mon âme, et je mourrai le jour où l'une mourra. Le démocrate européen ne l'entend pas ainsi. A ses yeux, l'égalité est la grande et suprême loi, celle qui prévaut sur toutes les autres et à quoi tout doit être sacrifié. L'égalité dans la servitude lui paraît préférable à une liberté soutenue par la hiérarchie des rangs. Il aime mieux Tibère commandant à une multitude qui n'a plus de droits et plus de nom, que le peuple romain gouverné par un patriciat séculaire et recevant de lui l'impulsion qui le fait libre avec le frein qui le rend fort.

L'Américain ne laisse rien de lui-même à la merci d'un pouvoir arbitraire. Il entend qu'à commencer par son âme, tout soit libre de ce qui lui appartient et de ce qui l'entoure : famille, commune, province, association pour les lettres ou pour les sciences, pour le culte de son Dieu ou le bien-être de son corps. Le démocrate européen, idolâtre de ce qu'il appelle l'État, prend l'homme dès son berceau pour l'offrir en holocauste à la toute-puissance publique. Il professe que l'enfant, avant d'être la chose de la famille, est la chose de la cité, et que la cité, c'est-à-dire le peuple représenté par ceux qui le gouvernent, a le droit de former son intelligence sur un modèle uniforme et légal. Il professe que la commune, la province et toute association, même la plus indifférente, dépendent de l'État, et ne peuvent ni agir, ni parler, ni vendre, ni acheter, ni exister enfin sans l'intervention de l'État et dans la mesure déterminée par lui, faisant ainsi de la servitude civile la plus absolue le vestibule et le fondement de la liberté politique. L'Américain ne donne à l'unité de la patrie que juste ce qu'il lui faut pour être un corps ; le démocrate européen opprime tout l'homme pour lui créer, sous le nom de patrie, une étroite prison.

Si enfin, Messieurs, nous comparons les résultats, la démocratie américaine a fondé un grand peuple, religieux, puissant, respecté, libre enfin, quoique non pas sans épreuves et sans périls ; la démocratie européenne a brisé les nœuds du présent avec le passé, enseveli des abus dans des ruines, édifié çà et là une liberté précaire, agité le monde par des événements bien plus qu'elle ne l'a renouvelé par des institutions, et, maîtresse incontestable de l'avenir, elle nous prépare, si elle n'est enfin instruite et réglée, l'épouvantable alternative d'une démagogie sans fond ou d'un despotisme sans frein.

C'est la certitude de cette alternative qui troublait incessamment l'âme patriotique de M. de Tocqueville, qui a présidé à tous ses travaux et lui a mérité la gloire sans tache où il a vécu et où il est mort. Aucun homme de notre temps ne fut à la fois plus sincère, plus logique, plus généreux, plus ferme et plus alarmé. Au fond, ce qu'il aimait par-dessus tout, sa véritable et sa seule idole, hélas! puis-je le dire? ce n'était pas l'Amérique, c'était la France et sa liberté. Il aimait la liberté en la regardant en lui-même, au foyer de sa conscience, comme le principe premier de l'être moral et la source d'où jaillit, à l'aide du combat, toute force et toute vertu. Il l'aimait dans l'histoire, présidant aux destinées des plus grands peuples, formant tous les hommes qui ont laissé d'eux dans la mémoire du monde une trace qui l'éclaire et le soutient. Il l'aimait dans le christianisme, aux prises avec la toute-puissance d'un empire dégénéré, inspirant l'âme des martyrs et sauvant par eux, non plus la vérité des sages, mais la vérité divine elle-même, non plus la dignité du genre humain, mais la dignité du Christ, fils de Dieu. Il l'aimait dans les souvenirs de la patrie, dans ces longues générations où la liberté avait fait l'honneur, où l'honneur avait fait le premier bien de la vie, et où la vie se donnait pour sauver l'honneur, pour prouver l'amour, pour défendre la foi, pour mourir enfin digne de soi-même et digne de Dieu. Il l'aimait dans son propre sang, où il avait puisé, avec la tradition de ses aïeux, la fierté d'une obéissance qui n'avait jamais été vile, et la gloire d'un nom qui avait toujours été pur. Il l'aimait enfin par une autre vue, par la vue des peuples déchus, des mœurs perverties, des bassesses couronnées, des talents avilis, des cœurs sans courage; et, remarquant que toutes ces hontes dont l'histoire déborde correspondaient aux âges et aux leçons de la servitude, il se prenait pour la liberté d'un second amour plus fort que le premier, de cet amour où l'indignation s'allume et se fait le serment d'une haine et d'un combat immortels.

Ce serment vivait dans l'âme de M. de Tocqueville. Il inspira toutes ses pensées, il commanda toutes ses actions.

Je devrais ici, Messieurs, vous entretenir des douze années de sa carrière législative. Mais sur cette lave encore brûlante je ne rencontrerais plus seulement des idées et des vertus, je rencontrerais les hommes et les événements. Puis-je les aborder? Du haut de ce banc où il avait été appelé dès 1839, et d'où il descendit aux derniers jours de 1851, il vit tomber la monarchie parlementaire, apparaître la république et se fonder un empire, chutes et avénements qu'il avait prévus et qui amenèrent sa retraite, mais non pas son silence et son découragement. Il aimait la monarchie parlementaire, et il eût voulu la sauver. Née en 1814 des longues méditations de l'exil, elle eût dû réconcilier tous les Français autour d'un trône qui avait le prestige de l'antiquité, et qui avait repris dans le malheur cette jeunesse que lui seul peut rendre aux rois. Mais l'esprit de la France, même après vingt-cinq ans de révolutions, n'était pas mûr pour les secrets et les vertus de la liberté. Il eût fallu à tous, roi et peuple, clergé et noblesse, chrétiens et incroyants, un génie que le temps ne leur avait pas encore donné. Le trône premier tomba. Le second voulut renouer dans un sang royal plus populaire la chaîne brisée de nos institutions, et il mit à cette œuvre un courage et une habileté qui méritaient de réussir; mais cette monarchie diminuée retrouva devant elle les mêmes difficultés qui avaient accablé sa devancière. Le trône second tomba. M. de Tocqueville n'avait compté ni parmi ses adversaires ni parmi ses défenseurs. Il demandait, avec l'opposition victorieuse, une chambre élue plus indépendante, et un corps électoral plus incorruptible; mais il ne parut qu'à la tribune et jamais sur la place publique, appelant de sa voix les réformes, et refusant tout signe à la révolution qui se préparait.

La république, néanmoins, l'admit dans ses conseils, d'abord comme député, puis comme ministre des affaires étrangères. Il apporta, dans cette nouvelle phase de son existence politique, un esprit sans illusions; car il ne croyait pas que la France, qui avait méconnu les conditions de la liberté sous deux monarchies, fût capable de la servir, ou même de la sauver, sous une république. Le nom était nouveau, la situation était la même. Aucun progrès ne s'était accompli dans la sphère générale des intelligences, sauf un petit nombre d'hommes éminents à qui la grandeur du péril avait révélé la grandeur des fautes, et qui s'unirent pour donner au pays la première liberté civile dont il eût joui jusque-là, la liberté de l'enseignement. Ce fut un éclair sublime dans une nuit orageuse.

Il y en eut un autre.

Le rénovateur de la liberté de l'Italie, le prince qui, dès son avénement au trône, avait promis volontairement à son peuple des institutions généreuses, et mérité de l'Europe entière un applaudissement qui retentira jusqu'à la dernière postérité, le pape Pie IX avait été chassé de la capitale du christianisme, après y avoir vu son ministre égorgé sur les marches de la première assemblée législative que Rome eût eue depuis le sénat romain. Une ingratitude sacrilége avait récompensé les dons du père commun des âmes, et, trahi, fugitif, il avait tourné vers Dieu ces regards du malheur et du droit qui n'émeuvent pas toujours les hommes, mais qui ne laissent jamais insensible que pour un moment très-court celui qui, en créant le monde, lui a promis une première justice dans le temps, et une seconde dans l'éternité. Cette fois, comme bien d'autres, la justice du temps fut remise à l'épée de la France, et l'on vit nos bataillons ramener à Rome, sous le drapeau de la république, le prêtre couronné autrefois par Charlemagne et consacré sur son trône par le respect dix fois séculaire des générations. C'était un prêtre, il est vrai, un vieillard faible et désarmé; mais sous ses cheveux blanchis, sous sa toge inconnue des consuls dont il tenait la place, il portait non plus l'orgueil d'un peuple maître du monde, mais l'humilité souveraine de la croix, et avec elle la paix et la liberté de l'univers. On pouvait opposer à sa couronne des raisonnements et des armées : la France opposa aux raisonnements l'instinct infaillible de son génie politique et chrétien, et aux armées d'une démocratie trompeuse elle opposa ce don de vaincre qui lui fut accordé par Dieu le jour même où Clovis, son premier roi, courba la tête devant la vérité.

La liberté de l'enseignement, la restauration du souverain pontife sur son trône terrestre, ce furent là les œuvres héroïques de la seconde république française, et, en lisant ces deux décrets, on eût pu la croire fondée. M. de Tocqueville prit part, comme ministre, à ce double acte de sagesse et de force, et sans doute aujourd'hui, dans son tombeau, il n'y a rien qui donne à sa conscience un retour plus consolant vers les choses et les douleurs de ce monde.

Bientôt après, le 2 décembre 1851, M. de Tocqueville rentrait chez lui, dans son village, au terme d'une carrière politique qui avait duré douze ans. Il y rapportait un caractère sans tache, une renommée que ne surpassait la gloire d'aucun de ses contemporains, mais en même temps un corps affaibli par le travail des affaires et par celui de la pensée. Il y retrouva ces souvenirs de jeunesse si chers à l'homme qui décline, ces ombrages qu'il avait plantés, ces eaux qu'il avait dirigées, le respect et l'amour de tout ce qui avait vieilli là pendant son absence, et, plus près de son cœur encore, une autre vie consacrée à la sienne et qui eût suffi sans la gloire à la récompense de tout ce qu'il avait fait de bien et de tout ce qu'il avait écrit de vrai. De ce côté aussi on peut dire qu'il avait été meilleur que son siècle. Tout jeune et peu riche, il n'avait point cherché dans sa compagne l'éclat du nom ni celui de la fortune; mais, confiant sa destinée à des dons plus parfaits, il n'avait été trompé que dans la mesure de son bonheur, plus grand qu'il ne l'avait attendu et qu'on ne le lui avait promis.

Cependant cette belle retraite, où l'amitié venait de loin chercher sa présence, n'effaçait point dans l'âme du publiciste le souvenir de la cause qu'il avait servie. Les blessures faites à la liberté, quoiqu'il les eût prévues, l'avaient pénétré comme un glaive, et il portait au dedans de lui, sous une cicatrice saignante, le deuil profond de tout ce qu'il avait vu s'accomplir. Il voulut se donner une consolation, chercher une espérance, et il conçut ce livre, le dernier qu'il ait écrit, où, comparant ensemble *la révolution et l'ancien régime*, il entendait démontrer à ses contemporains qu'ils vivaient encore, sans le savoir, sous ce même régime qu'ils croyaient avoir détruit, et que là était la principale source de leurs éternelles déceptions. Il est vrai, une tribune avait été debout, une presse avait été libre ; mais derrière ce théâtre éclatant de la vie nationale qu'y avait-il, sinon l'autocratie absolue de l'administration publique, sinon l'obéissance passive de tout un peuple, le silence de rouages morts et mus irrésistiblement par une impulsion étrangère à la famille, à la commune, à la province, enfin la vie de tous, jusque dans les plus minimes détails, livrée à la domination de quelques hommes d'État sous la plume oisive et indifférente de cent mille scribes? Or, disait l'auteur, savez-vous bien qui a inventé ce mécanisme, qui a créé cette servitude? Ce n'est pas la Révolution, c'est l'ancien régime; ce n'est pas 1789, c'est Louis XIV et Louis XV; ce n'est pas le présent, c'est le passé. Vous avez seulement recouvert la servitude civile, qui est la pire de toutes, du voile trompeur de la liberté politique, donnant à une tête d'or des pieds d'argile, et faisant de la société française une autre statue de Nabuchodonosor qu'une pierre lancée par une main inconnue suffit pour briser et réduire en poudre. Et cette thèse, si neuve quoique si manifeste, M. de Tocqueville la développait avec le calme de l'érudition, après avoir longtemps fouillé dans les archives administratives des deux derniers siècles, d'autant plus éloquentes qu'elles croyaient garder leur secret pour l'État et non pour le monde.

Tel fut le testament de M. de Tocqueville, le mot suprême de sa pensée. Après cela il ne fit plus que languir. Ouvrier trop sérieux pour ne s'être pas consumé dans la lumière dont il avait été l'organe, il s'avança peu à peu, mais sans y croire, vers une mort qui devait être la troisième récompense de sa vie. La gloire avait été la première; il avait trouvé la seconde dans un bonheur domestique de vingt-cinq ans; sa fin prématurée devait lui apporter la dernière et mettre le sceau à la justice de Dieu sur lui. Il avait toujours été sincère avec Dieu comme avec les hommes. Un sens juste, une raison mûrie par la droiture avant de l'être par la réflexion et l'expérience, lui avaient révélé sans peine le Dieu actif, vivant, personnel, qui régit toutes choses, et de cette hauteur si simple, quoique si sublime, il était descendu sans peine encore au Dieu qui respire dans l'Évangile et par qui l'amour est devenu le sauveur du monde. Mais sa foi peut-être tenait de la raison plus que du cœur. Il voyait la vérité du christianisme, il la servait sans honte, il en rattachait l'efficacité au salut même temporel de l'homme; cependant il n'avait pas atteint cette sphère où la religion ne nous laisse plus rien qui ne prenne sa forme et son ardeur. Ce fut la mort qui lui fit le don de l'amour. Il reçut comme un ancien ami le Dieu qui le visitait, et, touché de sa présence jusqu'à répandre des larmes, libre enfin du monde, il oublia ce qu'il avait été, son nom, ses services, ses regrets et ses désirs, et, avant même qu'il nous eût dit adieu, il ne restait plus en cette âme que les vertus qu'elle avait acquises sur la terre en y passant.

Ces vertus, Messieurs, vous appartenaient. Ornement sacré du talent littéraire le plus haut et le plus vrai, vous jouissiez de leur alliance dans la personne de M. de Tocqueville, et il tenait lui-même à grand honneur de compter parmi les membres de votre illustre compagnie, car vous étiez à ses yeux les représentants des lettres françaises, et il voyait dans les lettres plus que l'épanouissement ingénieux des facultés de l'esprit : il y voyait l'auxiliaire puissant de la cause à laquelle il avait dévoué sa vie, le flambeau de la vérité, l'épée de la justice, le bouclier généreux où se gravent les pensées qui ne meurent pas parce qu'elles servent tous les temps et tous les peuples. Sa jeunesse s'était formée à ces grandes leçons. Penché vers l'antiquité comme un fils vers sa mère, il avait entendu Démosthènes défendre la liberté de la Grèce, et Cicéron plaider contre les desseins parricides de Catilina : tous les deux victimes de leur éloquence et de leur patriotisme, le premier se donnant la mort par le poison pour échapper à la vengeance d'un lieutenant d'Alexandre, le second tendant sa tête aux sicaires d'Antoine, cette tête que le peuple romain devait voir clouée sur la tribune aux harangues, pour y être une image éternelle de la crainte qu'inspire aux tyrans la parole de l'homme sur les lèvres de l'orateur. Il avait entendu Platon dicter dans sa *République* les lois idéales de la société, déclarer que la justice en est le premier fondement, que le pouvoir y est institué pour le bien de tous et non dans l'intérêt de ceux qui gouvernent, qu'il appartient par la nature des choses aux plus éclairés et aux plus vertueux, et que tous ceux qui l'exercent en sont responsables ; que les citoyens sont frères ; qu'ils doivent être élevés par les plus sages de la république dans le respect des lois, l'amour de la vertu et la crainte des dieux ; que la paix entre les nations est le devoir de toutes et l'honneur de celles qui ne tirent l'épée qu'à regret, pour la défense du droit. Il avait admiré, dans Zénon, le père de cette héroïque postérité qui survécut à toutes les grandeurs de Rome, et consola, par le spectacle d'une force d'âme invincible, tous ceux qui croyaient encore à eux-mêmes quand personne ne croyait plus à rien. Si Horace et Virgile lui avaient présenté sous des vers admirables l'image douloureuse de poëtes courtisans, il avait retrouvé dans Lucain la trace du courage et les dieux, non moins que César, sacrifiés par lui aux vaincus de Pharsale. Enfin, au terme des lettres anciennes, et comme sur le seuil de leur tombeau, Tacite lui avait parlé cette langue vengeresse qui a fait du crime même un monument à la vertu, et de la plus profonde servitude un chemin à la liberté.

Ce chemin, d'autres l'ouvraient aussi quand Tacite en creusait de son implacable burin l'âpre et immortel sillon. Car, semblable à ces souffles réguliers qui ne quittent les flots d'une mer que pour soulever ceux d'une autre, la liberté change de lieu, de peuple et d'âme, mais elle ne meurt jamais. Quand on la croit éteinte, elle n'a fait que monter ou descendre quelques degrés de l'équateur. Elle a délaissé un peuple vieilli pour préparer les destinées d'un peuple naissant, et tout à coup elle reparaît au faîte des choses humaines lorsqu'on la croyait oubliée pour jamais. Il y avait donc, au temps de Tacite, des hommes nouveaux qui travaillaient comme lui, mais dans une langue inconnue de lui, à la rénovation de la dignité humaine, et qui faisaient pour la liberté de la conscience, principe de toutes les autres, plus que n'avaient fait les orateurs, les philosophes, les poëtes et les historiens de l'âge écoulé. Ils ne s'appelaient plus Démosthènes ou Cicéron, Platon ni Zénon, et ils ne parlaient plus à un seul peuple du haut d'une tribune illustre, mais isolée : ils s'appelaient Justin le martyr, Tertullien l'Africain, Athanase l'évêque, et, soit leur parole, soit leurs écrits, s'adressaient à toutes les parties du monde connu, littérature universelle qui présidait à la fondation d'une société plus vaste que l'empire romain ; littérature vivante encore après dix-neuf siècles, et dont vous êtes, Messieurs, à l'heure présente, un rameau que je salue, une gloire que je ne méritais pas de voir de si près.

Les lettres françaises ont eu, depuis trois siècles, une part à jamais mémorable dans les destinées du monde. Chrétiennes sous Louis XIV, avec la même éloquence, mais avec un goût plus pur que dans les Pères de l'Église, elles ont opposé Pascal à Tertullien, Bossuet à saint Augustin, Massillon et Bourdaloue à saint Jean Chrysostome, Fénelon à saint Grégoire de Nazianze, en même temps qu'elles opposaient Corneille à Euripide et à Sophocle, Racine à

Virgile, la Bruyère à Théophraste, Molière à Plaute et à Térence : siècle rare, qui fit de Louis XIV le successeur immédiat d'Auguste et de Théodose, et de notre langue l'héritière de la Grèce et la dominatrice des esprits.

Le siècle suivant dégénéra du christianisme, mais non pas du génie. Père de deux hommes tout à fait nouveaux dans l'histoire des lettres, il eut en eux ses astres premiers, l'un qui tenait de Lucien par l'ironie, l'autre qui ne tenait de personne; tous les deux puissants pour détruire et pour charmer, attaquant une société corrompue avec des armes qui elles-mêmes n'étaient pas pures, et nous préparant ces ruines formidables où, depuis soixante ans, nous essayons de replacer l'axe ébranlé des croyances et des vertus civiques. Ces deux hommes pourtant ne furent pas, au dix-huitième siècle, les seuls représentants de la gloire et de l'efficacité littéraires. Buffon écrivait de la nature avec majesté, et Montesquieu, élevé par trente ans de méditations au-dessus des erreurs de sa jeunesse, prenait place, dans son *Esprit des lois*, à côté d'Aristote et de Platon, ses prédécesseurs, et les seuls, dans la science du droit politique. Il eut l'honneur de dégager de l'irréligion vulgaire les principes d'une saine liberté, et on ne peut le lire qu'en rencontrant à chaque page des traits qui flétrissent le despotisme, mais sans aucun penchant pour le désordre et sans aucune solidarité avec la destruction. Il est juste de dire que, si Jean-Jacques Rousseau a été, dans son *Contrat social*, le père de la démagogie moderne, Montesquieu a été, dans son *Esprit des lois*, le père du libéralisme conservateur où nous espérons un jour asseoir l'honneur et le repos du monde.

J'ai hâte, Messieurs, d'arriver à ce siècle qui est le vôtre, et où je vais retrouver M. de Tocqueville à côté de vous. Aussi chrétien dans ses grands représentants que le siècle de Louis XIV, mais plus généreux, plus ami des libertés publiques, moins ébloui par la puissance et l'éclat d'un seul, notre siècle s'ouvrit par un écrivain dont il semble que la Providence eût voulu faire le Jean-Jacques Rousseau du christianisme. Poëte mélancolique dans une prose dont il eut le premier le secret, M. de Chateaubriand frappa au cœur de sa génération comme un pèlerin revenu des temps d'Homère et des forêts inexplorées du nouveau monde. Mais en même temps qu'il inaugurait ce style où nul ne l'avait précédé, où nul ne l'a égalé depuis, il nous donnait aussi l'exemple de la virilité politique du caractère, et les murs de ce palais n'oublieront jamais qu'il y entra sans pouvoir prononcer le discours que lui imposaient vos suffrages et que lui commandait sa reconnaissance pour vous. D'autres, comme lui, payaient à leur foi religieuse ou à leur indépendance personnelle cette dette du courage devant la toute-puissance. M. de Bonald méritait que sa *Législation primitive* fût broyée sous le pilon de la censure. Le vieux Ducis, insensible à la victoire, conservait intacte sous ses rayons la couronne de ses cheveux blancs. Madame de Staël expiait par dix années d'exil un silence que rien n'avait séduit. Delille chantait debout les règnes de la nature, et il lui était permis de dire dans un mouvement d'orgueil légitime :

> On ne put arracher un mot à ma candeur,
> Un mensonge à ma plume, une crainte à mon cœur.

Je m'arrête aux morts, Messieurs, car le tombeau souffre la louange, et, en soulevant son linceul, on ne craint pas de blesser la pudeur de l'immortalité. Mais ce sacrifice me coûte en présence d'une assemblée où je vois siéger les héritiers directs des premières gloires littéraires de notre âge : des orateurs qui ont ému trente ans la tribune ou le barreau, des poëtes qui ont découvert dans l'harmonie des mots et des pensées de nouvelles vibrations, des historiens qui ont creusé nos antiquités nationales ou qui ont redit à la génération présente le courage de ses pères dans la vie civile et dans la vie des camps, des publicistes qui ont écrit pour le droit contre les regrets du despotisme et les rêves de l'utopie, des hommes d'État qui ont gouverné par la parole des assemblées orageuses et n'ont rapporté du pouvoir que la conscience d'en avoir été dignes; des philosophes qui ont relevé parmi nous l'école de Platon et de saint Augustin, de Descartes et de Bossuet, et inscrit leur nom, à la suite de ceux-là, dans la grande armée de la sagesse éloquente ; des écrivains qui ont eu l'idolâtrie de la perfection du style, et à qui une vieillesse privilégiée n'a pu en désapprendre l'art : tous mêlés avec honneur aux luttes de leur temps, couverts de ses cicatrices, et, sans avoir pu le sauver, sûrs de compter un jour parmi ceux qui ne l'auront ni flatté ni trahi.

Et vous aussi, Tocqueville, vous étiez parmi

eux ; cette place où je parle était la vôtre. Plus libre avec vous qu'avec les vivants, j'ai pu vous louer. J'ai pu, en dessinant vos pensées, en retraçant vos actes et votre caractère, louer avec vous tous ceux qui comme vous cherchaient à éclairer leur siècle sans le haïr, et à jeter nos générations incertaines dans la voie où Dieu, l'âme, l'Évangile, l'ordre et l'action forment ensemble le citoyen et soutiennent la société entre les deux périls où elle ne cessera jamais d'osciller, le péril de se donner un maître et le péril de se gouverner sans le pouvoir. Nul mieux que vous n'a connu nos faiblesses et dévoilé nos erreurs ; nul non plus n'en a mieux pénétré les causes, ni mieux indiqué les remèdes. M. de Chateaubriand disait dans une occasion mémorable : « Non, je ne croirai point que j'écris sur les ruines de la monarchie. » Vous eussiez pu dire : Non, je ne croirai point que j'écris sur les ruines de la liberté.

C'est aussi votre foi, Messieurs, c'est la foi des lettres françaises, et ce sera leur ouvrage pour une grande part. A voir la suite de nos trois siècles littéraires et cette succession continue d'hommes éminents dans tous les ordres de l'esprit, on ne saurait méconnaître qu'une prédestination de la Providence veille sur notre littérature en vue d'une mission qu'elle doit remplir. Et que cette mission soit salutaire, qu'elle se rattache aux plans d'un avenir ordonné et pacifique, où, dans des conditions nouvelles, seront satisfaits les vrais besoins de l'humanité perfectionnée, je ne saurais non plus en douter. Il suffit, pour s'en convaincre, de remarquer que, sauf de rares exceptions, le génie en France conduit à la vérité et la sert. Tout ce qui s'élève dans les régions de l'intelligence, tout ce qui demeure visible à l'admiration, de Pascal au comte de Maistre, de Montesquieu à M. de Tocqueville, prend en haut le caractère de l'ordre, ce quelque chose de grave et de saint qui éclaire sans consumer, qui meut sans détruire, et qui est à la fois le signe et la puissance même du bien. Tels sont, à ne pouvoir se le cacher, les grandes lignes de la littérature française et ces sommets éclatants où la postérité vient, malgré elle, chercher le bienfait de la lumière dans la splendeur d'un goût sans reproche. Vous continuez, Messieurs, cette double tradition du beau et du vrai, de l'indépendance et de la mesure, qui sont le cachet séculaire du génie français. Aussi, pourrai-je ne pas vous l'avouer? Quand vos suffrages m'ont appelé à l'improviste parmi vous, je n'ai pas cru entendre la simple voix d'un corps littéraire, mais la voix même de mon pays m'appelant à prendre place entre ceux qui sont comme le sénat de sa pensée et la représentation prophétique de son avenir. J'ai vu les préjugés qui m'eussent séparé de vous il y a vingt ans, et ces préjugés vaincus par votre choix m'ont fait entendre les progrès accomplis en soixante ans d'une expérience pleine de périls, de retours dans la fortune, de sagesse trompée, de courages impuissants mais glorieux. M. de Tocqueville était au milieu de vous le symbole de la liberté magnifiquement comprise par un grand esprit ; j'y serai, si j'ose le dire, le symbole de la liberté acceptée et fortifiée par la religion. Je ne pouvais recevoir sur la terre une plus haute récompense que de succéder à un tel homme pour l'avancement d'une telle cause.

Paris. — Typographie de Firmin Didot frères, fils et Ce, 56, rue Jacob.

www.ingramcontent.com/pod-product-compliance
Ingram Content Group UK Ltd.
Pitfield, Milton Keynes, MK11 3LW, UK
UKHW012110240726
13965UKWH00004B/1686